わすれもの名人《めいじん》

作　ばんどう　としえ

論創社

わすれもの名人《めいじん》

もくじ

装丁・絵／やまもと ちかひと

わすれもの名人《めいじん》

ほほお・・・

きょうも　わすれものかい？

そうだ、きみのことだ！

なんだ・・・

わすれたことも　わすれてた・・・？

なくしたえんぴつは　みつかったかい？

しゅくだいは、したのかい？

わすれものばかりしていると・・

名人《めいじん》たんじょう！

「ねえ、おかあさん。おかあさ〜〜〜ん」

げんかんのドアに手《て》をかけたしゅんかんから、まあくんは、大《おお》きな声《こえ》でおかあさんをよんでいた。

「まあ、まあ、どうしたの。なにがあったの？」

まあくんのおかあさんは、台所《だいどころ》の水道《すいどう》せんをしめると、エプロンで手《て》をふきながら、ゆっくりとげんかんにやってきた。

げんかんでは、まあくんの右《みぎ》のくつが東《ひがし》に向《む》いてうらがえしになり、左《ひだり》のくつは、今《いま》にも北《きた》に向《む》かって、とばされようとしているところだった。

「まあくん、なんなの、そのくつは……」

　まあくんは、おかあさんのことばなんて耳《みみ》に入《はい》らないようすでつづけた。

「あのね、あのね。ぼくね。名人《めいじん》なんだって。名人《めいじん》だよ。すごいでしょ」

「まあ、名人《めいじん》？」

《名人《めいじん》》ということばを聞《き》いたおかあさんは、きゅうにやさしいまなざしになって、『しかたがないわねえ』……といいながら、まあくんのくつをなおしてくれた。

「ねえねえ、3げんむこうの中川《なかがわ》のおじいちゃんは、しょうぎ名人《めいじん》なんでしょ。秋田《あきた》のおじいちゃんは、米作《こめづく》りの名人《めいじん》だよねえ。さいたまのひなこおばちゃんは、あみもの名人《めいじん》だったよねえ。名人《めいじん》って、すごいことでしょ。名人《めいじん》って、ほめられているんでしょ」

「そうよ。名人《めいじん》っていうのは、すごくじょうずだってことよ。まあくんも名人《めいじん》っていわれたの？　ほんとに？」

おかあさんは、ちょっとうたがうような目《め》で、まあくんを見《み》つめた。

「いわれたんだよ」

「それはすごいわね」

おかあさんもうれしそうだ。

「ふふん」

（どうしても、顔《かお》じゅうがわらってしまうな。だって、ほめられたんだもの、名人《めいじん》だって…）

まあくんは、にやにやしながら、おとうさんがいつもするように、ソファーのせもたれに両手《りょうて》をかけて、ふんぞりかえった。

「あのね、ぼくね…」

「うん、うん。まあくんは？」

おかあさんも、うれしそうに目《め》をかがやかせている。

「うん、ぼくね。ぼくね…

わすれもの名人《めいじん》 なんだってぇ」

まあくんは、おもいきりさけんだ。

とくい顔《がお》で、さけんだ。

――――

少《すこ》しのあいだ、なんともいえない無言《むごん》の時間《じかん》があった。

おかあさんの顔《かお》から笑顔《えがお》がきえて、みるみる不《ふ》ゆかいな表情《ひょうじょう》になっていった。

まあくんが、ソファーのせもたれにかけていた右手《みぎて》を、そっとひざの上《うえ》にもどし、つぎに左手《ひだりて》をもどそうとしたしゅんかんだった。

「まさる、ちょっとここにすわりなさい」

（ひえっ）

いつも《まあくん》っていうおかあさんが、あらたまって《まさる》って、本名《ほんみょう》をよぶときは、決《き》まってろくなことがないんだ。

「ええっ、もうすわってるじゃん」

このことばが、いけなかった。

「へりくつをいうもんじゃないわよ。まさる、すわりなさいっていうのは、きちんと人の話《はなし》を聞《き》くたいどになりなさいってことでしょ。1年生《ねんせい》になって、もう半年《はんとし》いじょうたつのに、まだそんなこともわからないの。君《きみ》は・・・」

（いよいよきたな。「本名《ほんみょう》」のあとは、きまって「君《きみ》」だ。本名《ほんみょう》もなくなってしまうんだ。）

まあくんは、あきらめて、ソファーの上《うえ》に正座《せいざ》をすると、ちょっとだけ頭《あたま》を下《さ》げた。

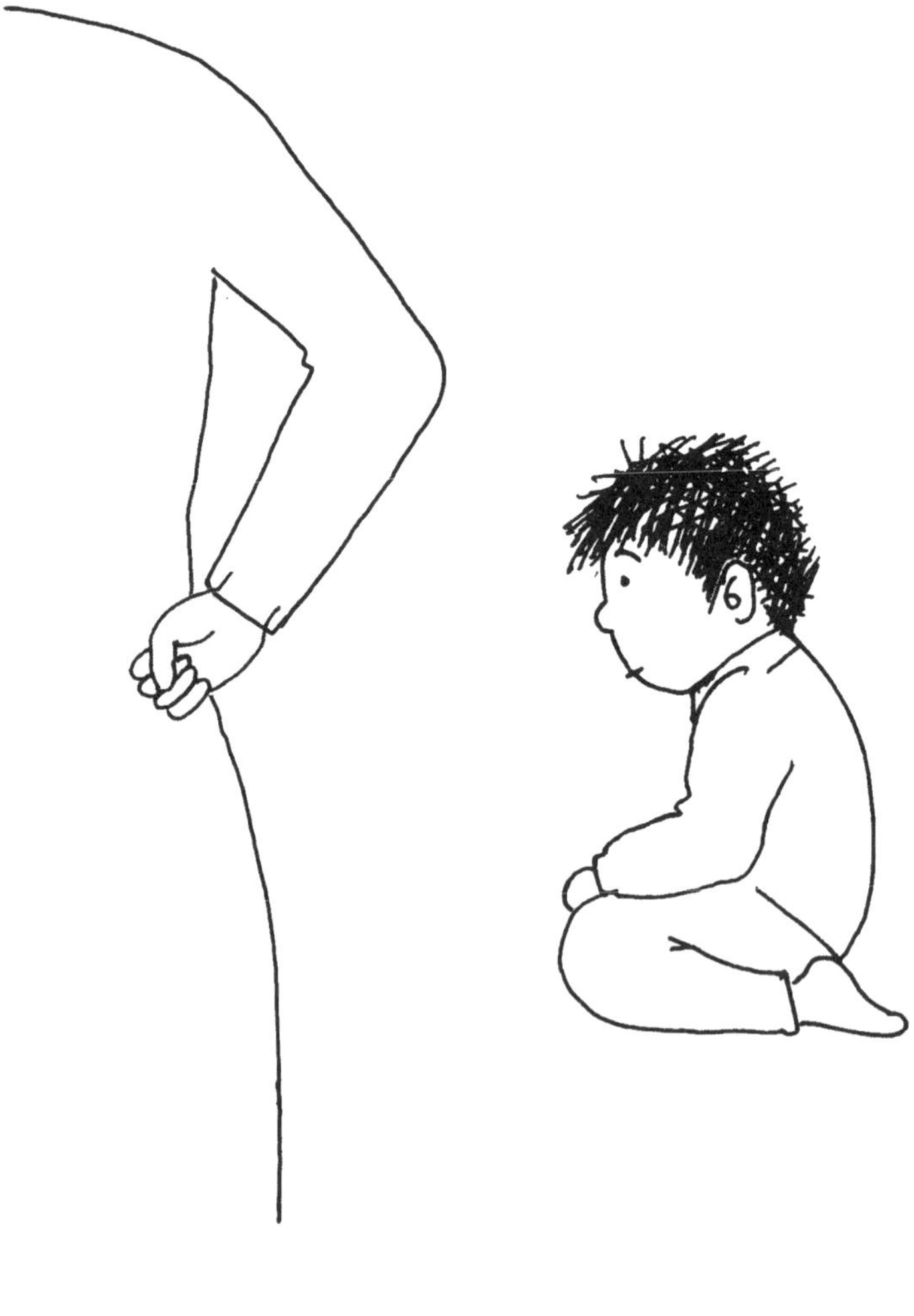

わすれものさいばん

「わすれもの名人《めいじん》？　だれにいわれたの？　かなこ先生《せんせい》？」
「うん、そうだよ」
「あのかなこ先生《せんせい》にいわれるなんて、ただごとじゃあないわね」
たんにんのかなこ先生《せんせい》は、先生《せんせい》1年生《ねんせい》。
はじめて先生《せんせい》になった4月《がつ》のはじめ、れんらく帳《ちょう》に、
だいじなぷりんとをわたすこと
って、書《か》いておきながら配《くば》りわすれて、みんなの家《いえ》に配《くば》ってまわったことがある。

宿題《しゅくだい》のプリントを配《くば》りわすれて、宿題《しゅくだい》がなくなったこともある。

クラス全員《ぜんいん》に電話《でんわ》をしたことなんて、2回《かい》や3回《かい》じゃあないぞ。

「じゃあ、君《きみ》に聞《き》くけど……」

(そうだ。かなこ先生《せんせい》のことじゃあなかった。

ぼくのことだったんだ。)

「君《きみ》は、どんなわすれものをしてきたの?

ぜ――――んぶ、あげてください」

おかあさんが、こんなふうに、ことばの一部《いちぶ》をなが――――く
のばすときは、すご――――く、おこっているときなんだ。

「う――――ん、
え――――と」

「わすれたの?」

「いや、いっぱいありすぎて……」

「なるほど、それでは、一日《いちにち》ずつ思《おも》いだしてみよう。まず、きょうは？……」

「きょうは……きのうやった宿題《しゅくだい》のプリントをもって行《い》くのをわすれたぁ」

「それから……」

「きのうは、学校《がっこう》から体操服《たいそうふく》をもって帰《かえ》るのをわすれたぁ」

「はいはい……」

「きのうのきのうは、給食当番《きゅうしょくとうばん》をわすれて遊《あそ》んでたぁ」

「ほほおぉ……」

「きのうのきのうのきのうは、そうじ道具《どうぐ》をしまわないで帰《かえ》ったぁ」

「ふむふむ……」

「きのうのきのうのきのうのきのうは……。

かったばかりの手《て》ぶくろの左《ひだり》をどこかにわすれて、

黄色《きいろ》い学校《がっこう》のぼうしをどこかにわすれて、
もって帰《かえ》るとちゅうでうわぐつがどこかに行《い》って、
暑《あつ》くてぬいだセーターが消《き》えていた。
プーさんのハンカチが見《み》えなくなったのは、
まだ9月《がつ》のことでしたぁ。
ミステリーでしょ」
「ふぅ、たしかに、君《きみ》はわすれもの名人《めいじん》だ」
そういうと、おかあさんは、さいばんかんのように、すみやかに
判決《はんけつ》をいいわたした。
「ぜ────んぶ、さがしてきなさい」
いつもいじょうに、ことばがのびていた。
「え────っ、ぜんぶ────────？」
「ぜ────────んぶ見《み》つかるまで、帰《かえ》ってこなくて

よろしい！」

「うっそ――――」

「ほんと！」

　まあくんは、おもわずさいばんの判決《はんけつ》にふふくを申《もう》したてたんだけど、すみやかに**きゃっか**＊されてしまった。

　まあくんが、しばらくソファーの上《うえ》から動《うご》かなかったものだから、おかあさんは、ますますおこっていった。

「すみやかに――――」

（すみやかに動《うご》きたいのは、やまやまなんだ、ぼくだって…。だって、おかあさんの判決《はんけつ》にしたがって、わすれものをぜんぶさがしていたら、夜《よる》7時《じ》からはじまるアニメ番組《ばんぐみ》には、まにあわなくなりそうだもんな。だけど、問題《もんだい》は、この足《あし》だ。長《なが》いあいだ、正座《せいざ》をしていたものだから…。）

＊ひていされること

お〜い　わすれもの〜

「行《い》ってくるよぉ」

まあくんは、しょんぼりというと、さっきおかあさんがそろえてくれた運動《うんどう》ぐつをゆっくりとはいた。かたをおとしたまあくんが、そっと家《いえ》をでる。

「ぜ――――んぶ、っていってたなあ…。

手《て》ぶくろの左《ひだり》と、
黄色《きいろ》い学校《がっこう》のぼうしと、
うわぐつの右《みぎ》と、

セーターと、
プーさんのハンカチ……」

まあくんは、左手《ひだりて》の指《ゆび》をおりながら数《かぞ》えてみた。左手《ひだりて》の指《ゆび》をつかったのは、たまたまなくした手《て》ぶくろが左手《ひだりて》だったからで、手《て》ぶくろをした右手《みぎて》じゃあ、指《ゆび》がおりにくかったんだ。

「ほうら、いいことだってあるじゃん」

まあくんは、手《て》ぶくろのなくなったはだかの手《て》をなぐさめるようにいうと、しょうぎ名人《めいじん》の家《いえ》の前《まえ》で立《た》ちどまって考《かんが》えた。

「ううん、どこでなくしたんだろう」

うでぐみをして頭《あたま》までかしげてみたけれど、さっぱり見当《けんとう》がつかなかった。

（歩《ある》いてさがすしかないな。）

まあくんは、どんどんどんどん、歩《ある》いた。

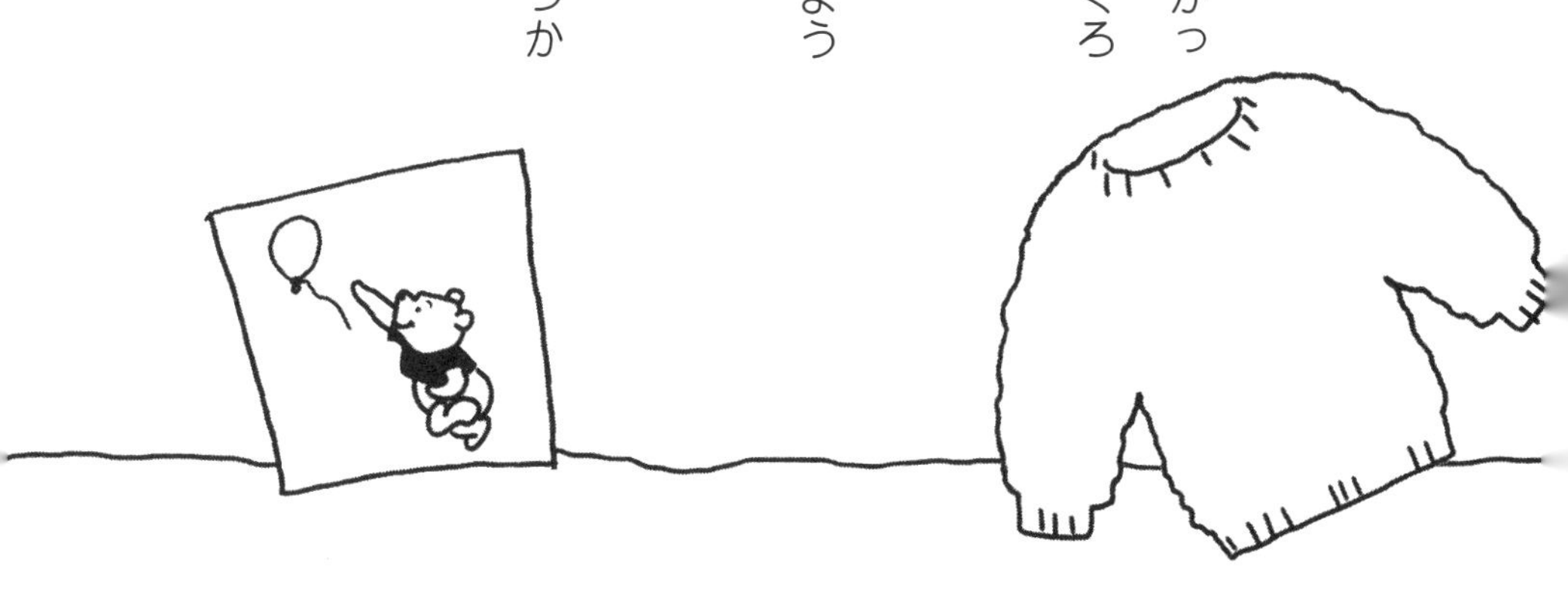

3つめのかどにある赤《あか》いポストを通《とお》りすぎ、5つめのかどの薬局《やっきょく》のポスターのおねえさんをちらっと見《み》て、学校《がっこう》へ行《い》くときは、かくじつに左《ひだり》にまがるパン屋《や》の前《まえ》をまっすぐに進《すす》み、商店街《しょうてんがい》のはてをすぎ、田中《たなか》と書《か》いてある大《おお》きな家《いえ》の前《まえ》を通《とお》りすぎ…

まっすぐまっすぐ、歩《ある》いた。

ひたすらひたすら、歩《ある》いた。

どこまでもどこまでも、歩《ある》いた。

右《みぎ》にも左《ひだり》にも、1回《かい》もまがらないで歩《ある》いた。

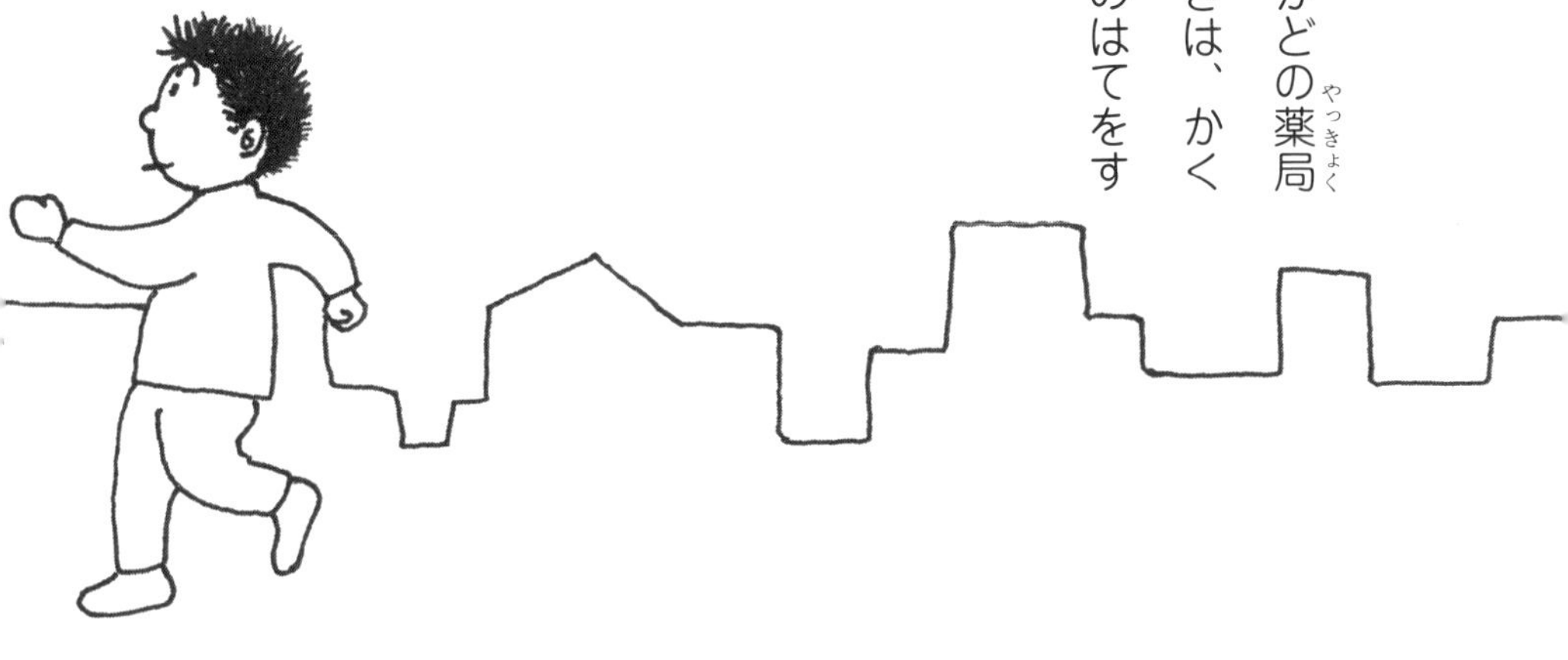

あたらしいわすれもの

どれくらい歩《ある》いただろう。
ふと気《き》がつくと、まあくんは、見《み》たこともない野原《のはら》のまん中《なか》に立《た》っている。まあくんは、くるくると、あたりをみまわした。
（こんな野原《のはら》には、来《き》たことがないぞ。）

【じゃじゃじゃ、じゃ〜〜〜ん】

♪♪♪　♪〜〜〜〜

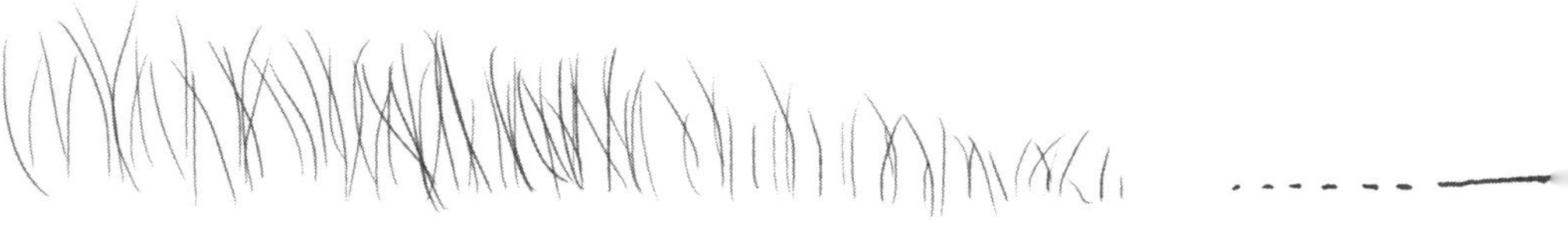

とつぜん、頭《あたま》の中《なか》で、おかあさんの大《だい》すきなベートーベンの『運命《うんめい》』が、あばれまくる。

しんぞうが、ばくばくしてきた。どうやら、まあくんは、道《みち》までわすれてしまったようだ。

あおざめた まあくんは、来《き》た道《みち》をもどってみた。

ところが、立《た》ちどまると、野原《のはら》のまん中《なか》にいる。

おそろしくなった まあくんは、全力《ぜんりょく》で走《はし》ってみた。


「うわあああああああ」


ところが、立《た》ちどまると、やっぱり野原《のはら》のまん中《なか》にいる。

なきそうになった まあくんは、うずくまって考《かんが》えた。

（よし、見《み》たこともない右《みぎ》の道《みち》か、行《い》ったこともない左《ひだり》の道《みち》に行《い》ってみよう）

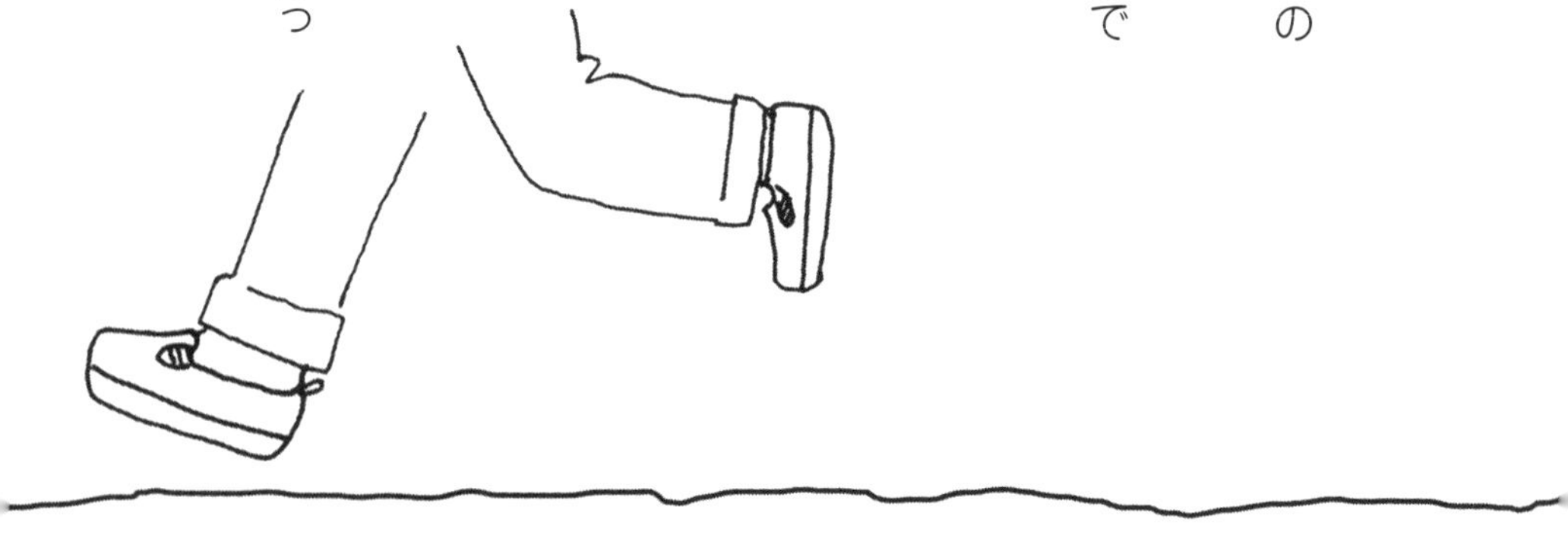

自分《じぶん》でもうっとりするようないい考《かんが》えだ……と、まあくんは手《て》をうった。手《て》ぶくろをはめた右手《みぎて》と、なにもはめていない左手《ひだりて》を、ポンとうちあわせたものだから、なんだか、《すかっ》ていうなさけない音《おと》しかしなかったけどね。

「よし。左手《ひだりて》と右手《みぎて》で、ジャンケンをさせて、どっちにいくか決《き》めよう。手《て》ぶくろをしているあったかい手《て》と、かわいそうなはだかんぼうの手《て》なんだから、ぜったいに、自分《じぶん》の意思《いし》をもっているさ」

まあくんは、あわせていた手《て》をぱっとはなすと、両手《りょうて》でジャンケンをしてみた。

あいこだ。

じつは、これはすごくむつかしいことだった。

手《て》ぶくろをはめた右手《みぎて》に命令《めいれい》をするのは、まあくんで……。

手《て》ぶくろをしていない左手《ひだりて》に命令《めいれい》をするのも、まあくんで……。

それなのに、まあくんはどっちのみかたをするわけにもいかない。

「ジャンケンで・・・ホイ！」

といいながら、右手《みぎて》と左手《ひだりて》をおうえんすることはできるが、手《て》に決《き》めてもらわなくちゃいけない。

そのときだ！

「なあに、やってるんだあ・・・おまえは・・・」

「えっ」

まあくんは、右手《みぎて》と左手《ひだりて》を軽《かる》くまるめたままで、足《あし》もとを見《み》た。

ねこだ。

ねこが・・・

しゃべったあ・・・？

わすれもの名✕《めいじん》ねこ

まあくんは、信《しん》じられなかった。

1年生《ねんせい》でも、それくらいはわかる。

ねこは、日本語《にほんご》をしゃべらない。

ねこ語《ご》は、どうだろう。

ねこは、ねこ語《ご》でねこどうしおしゃべりをしている…と、まあくんは信《しん》じていたけれども、ねこが日本語《にほんご》を話《はな》すとは知《し》らなかった。

日本《にほん》のねこだから、英語《えいご》はしゃべらないだろうとは思《おも》うけれど…。

ねこは、もう一度《いちど》はっきりしゃべった。

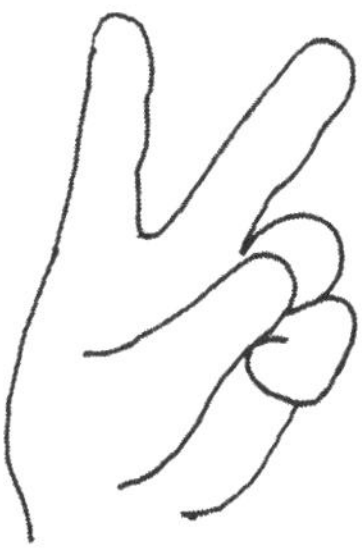

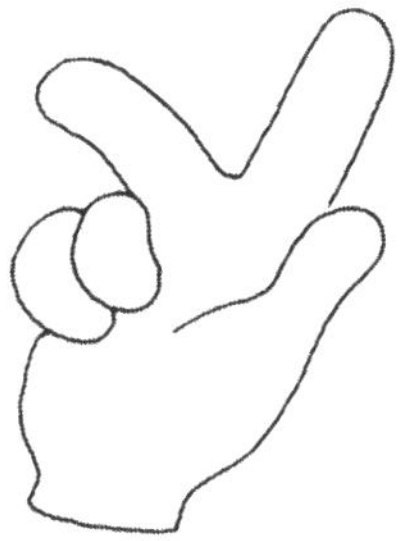

「な・あ・に・や・っ・て・る・ん・だ？
お・ま・え・は・？」

ねこは、ゆっくり、ことばを切《き》りはなすようにたずねた。

「じゃ・ん・け・ん」

まあくんも、ねこのことばをまねしてこたえた。

「自分《じぶん》の両手《りょうて》でジャンケンとはなあ…。かわいそうに…。おまえ、ひとりぼっちか？　学校《がっこう》で仲間《なかま》はずれにされているとか。…」

「ちがうんだ。右《みぎ》の道《みち》へ行《い》こうか、左《ひだり》の道《みち》へ行《い》こうかまよっていて、ジャンケンで決《き》めていただけだよ」

「おかしなやつだな」

まあくんは、だまっていた。日本語《にほんご》をしゃべるきみょうなねこを、まだ信用《しんよう》できなかったんだ。まあくんのぎもんに気《き》づいたのか、ねこは自分《じぶん》からしゃべりはじめた。

「わがはいは、ねこである」

それは、見《み》ればわかる。

ねこは、有名《ゆうめい》なセリフをはくと、つづけた。

「名《な》は、まだない……わけではなくて、たしかにござったんだが……なぜか覚《おぼ》えておらぬのじゃ……」

そのねこは、日本語《にほんご》どころか、どうも江戸時代語《えどじだいご》をしゃべるようだった。

もちろん、まあくんには、江戸時代語《えどじだいご》なんてものがあるのかないのかも、ほんとうにこれが江戸時代語《えどじだいご》かどうかもわからなかったけれど、ひとつだけたしかなのは、ずいぶんむかしっぽい日本語《にほんご》だということだ。ときどき、しょうぎ名人《めいじん》の中川《なかがわ》のおじいちゃんが、しょうぎをさしながら見《み》ているテレビの中《なか》で、おさむらいさんがいっていることばとよくにていた。

まあくんは、それを思《おも》いだすと、腰《こし》に両手《りょうて》をおいて、ちょっとふんぞりかえって、名《な》のってみた。

「せっしゃ、さいとうまさる　にござる」

江戸時代語《えどじだいご》を話《はな》すねこはいう。

「いいな、なまえがあって。ところで、おぬし、なにやらおかしなことをしておるようじゃが……」

「そうなんだよ、いろいろあってね。

名人《めいじん》だとほめられて喜《よろこ》んでいたのに、

ほめられていなくて、

わすれものが5つみつかって、
おかあさんがことばをなが――――くのばして、
かなこ先生《せんせい》にいわれたからダメで、
みつからないと家《いえ》に帰《かえ》れなくて、
歩《ある》いていてわからなくて、
走《はし》ってもダメで、
右《みぎ》か左《ひだり》か決《き》めなくっちゃ……」
どうやら、まあくんの頭《あたま》は、ひどく、こんがらがっているようだ。
「ふうむ、おぬしのいうことはさっぱりわからぬな」
江戸時代《えどじだい》のねこは、そういいながら、自己《じこ》しょうかいをつづけた。
「わがはいの父上《ちちうえ》は、さいたま城《じょう》のとのさまでござった」
「へえ、すごいじゃん」
「そうさ。わがはいは、お城《しろ》のわかさまだから、いろんなものをあたえられてなぁ」

「ふうん、どんなもの？」

「そうだな、陣羽織《じんばおり》とか…わかるかのぉ。きんきらきんの布《ぬの》で作《つく》ったベストみたいなもんだな」

「すごい！」

まあくんは、おとうさんもときどき見《み》ている時代《じだい》げきを思《おも》いだして、からかうように聞《き》いてみた。

「じゃあ、刀《かたな》もさしていたりして…」

「そりゃあそうさ。とくべつ注文《ちゅうもん》だぞ。おまけに、絹《きぬ》で作《つく》ったたびまではかされてな…」

まあくんは、頭《あたま》の中《なか》で想像《そうぞう》してみた。

きれいな陣羽織《じんばおり》を着て、絹《きぬ》のたびをはいて、刀《かたな》までさしたねこのすがたを…。まあくんの想像力《そうぞうりょく》のすべてを使《つか》っても、それは、ちょっとむつかしかった。

「かっこうだけではないぞ。食《た》べものもすごかったな」

そういうと、ねこは、したなめずりをしてつづけた。

「魚《さかな》といえば、《たい》…もちろん、おかしらつきだ。頭《あたま》からしっぽの先《さき》までまるっぽ一ぴきだ」

まあくんは、びっくりした。

《たいのおかしらつき》なんて、生《う》まれてこのかた、写真《しゃしん》でしか見《み》たことがない。


そうだ。

あれは、かなこ先生《せんせい》が、めずらしくわすれないで、れんらく帳《ちょう》に書《か》くようにいったんだ。


あしたのもちもの…あかちゃんのときのしゃしん

その日、おかあさんは、まあくんの一番《いちばん》はじめのアルバムを、ひきだしのおくからひっぱりだしてきて、1まいずつ説明《せつめい》してくれた。うれしそうにほほえみながら・・・。

おかあさんの顔《かお》の中《なか》で、まあくんが一番《いちばん》すきな顔《かお》だ。

そのとき、7まいめの写真《しゃしん》にあったのが、《たいのおかしらつき》だった。おかあさんは、すごくうれしそうにいった。

「まあくん、これ『おくいぞめ』って、ぎしきみたいなもんなんだけど、まあくんが生《う》まれて100日めの写真《しゃしん》よ。ほら、

お赤飯《せきはん》に、

たいのおかしらつきに、

にものに、

おすいもの、

だいふんぱつして、

デザートはクリームプリン！」

「へえ、ぼく、そんなに食《た》べたの？」

まあくんも、そのごちそうを見《み》て、うっとりしながら聞《き》いてみたんだ。そっけない返事《へんじ》がかえってきただけだったけどね。

「まさかあ。まあくんは、まだおっぱいしか飲《の》めないわよぉ。なあにいってんのよぉ」

おかあさんが、いかにも当然《とうぜん》でしょって顔《かお》をして、まあくんをよこ目《め》で見《み》たから、それいじょう聞《き》くのはやめた。

（じゃあ、だれが食《た》べたんだよ。この《おかしらつき》……）

頭《あたま》の中《なか》に、あの写真《しゃしん》のごちそうが、うかぶ。

「まいにち……？」

「そう、まいにち……まいにち……。あきるくらいに、まいにち」

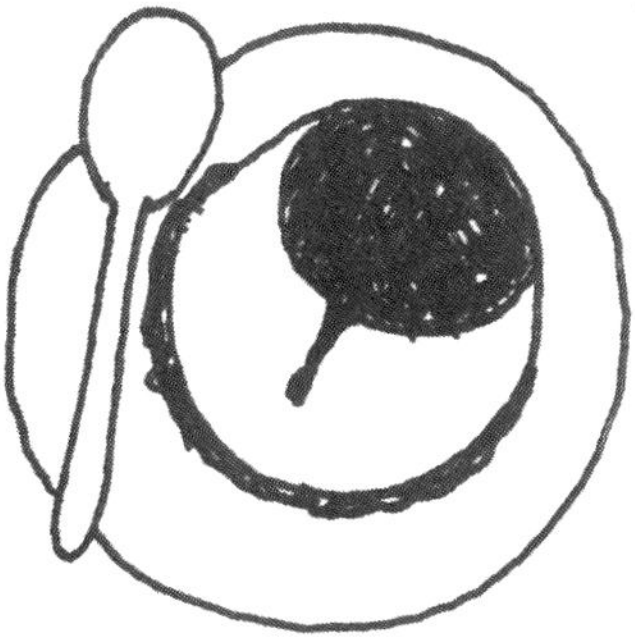

「へぇぇ――――。すご――――い」

おこっているわけじゃあなかったけれど、まあくんのことばは、ちょっとまのびしていた。

「ところがだ…。わがはいは、そこつものでな」

「そこつもの？」

「ほんに、おぬしはややこしいやつよなぁ。うっかりものだってことさ」

「それって、わすれものをよくする人《ひと》のこと？」

まあくんは、ややこしいのはどっちだ？　と思《おも》いながら聞《き》いてみた。

「ふうむ、そうともいうなあ」

「なんだ、ぼくといっしょじゃない？　どこにわすれたの？」

「それがわからぬゆえに、わすれものじゃないか…。わがはいは、お城《しろ》の庭《にわ》を散歩《さんぽ》するのがすきだったからな。暑《あつ》いなあと思《おも》っては、陣羽織《じんばおり》をポイってぬぎすて、へいのすきまをくぐりぬけようとして刀《かたな》をひっかけては、そのあたりにおいてくる。たびなんぞは、いつのまにか1つ、また1つとあっちこっちに落《お》としてくるのよ」

「はははは、まるっきり、いっしょじゃないか」

まあくんは、宿題《しゅくだい》をわすれた仲間《なかま》がいたときのように、みょうにうれしくなって、このねこに親《した》しみをもった。

「それで、おこられたの？　さがしてきなさ――――い…って」

「いやまったく、めんぼくない。まさにそのとおりでな。父上《ちちうえ》は、こうおっしゃったのじゃ。『もうかんべんならん。おまえのように、10回《かい》も、わすれものをしたねこは、かんべんならん。わすれものをすべてさがしてこ〜〜〜〜い』…とな」

「あたりまえじゃん、10回《かい》もわすれたのなら…」

「ううむ、もっともしごく」

「もっともっと、じごく？」

「いや、《もっともしごく》とは、とうぜんでござるという意味《いみ》でござる」

　まあくんは、すごくうれしかった。

《もっともしごく》であろうと、《もっともっとじごく》であろうと、そんなことはちっともかまわなかった。ただただ、仲間《なかま》ができたことがうれしかった。

「それで、まっすぐ歩《ある》いてここにきたの？」

「たしかに、城《しろ》を出《で》たわがはいは、まっすぐ歩《ある》いた。かなり歩《ある》いた。いや、ずっと歩《ある》きつづけておる」

「えっ、ずっと歩《ある》きつづけているの？」

　まあくんは、心配《しんぱい》になった。こんなねこと友《とも》だちになって、ほんとうにだいじょうぶなんだろうか。

「そうだな。ずっと歩《ある》いているうちにな、なまえまでわすれてしまってな。いやあ、ほんとうに長《なが》いあいだ、歩《ある》いているような気《き》がするぞ……」

まあくんは、ぞっとしてきた。

このねこは、いったい何百年《なんびゃくねん》、歩《ある》きつづけているんだろう。

「江戸時代《えどじだい》って、今《いま》からどれくらい前《まえ》のことなの？」

「そうだなあ。わがはいにも、ちとわからぬ。しかしながら、かなり歩《ある》きつづけていることは事実《じじつ》じゃ」

わからないくらい歩《ある》きつづける。

わからないくらいずっと、わすれものをさがす。

まあくんの頭《あたま》は、ぼうっとしてきた。

いや、ぼうっとしているひまはない。わすれものをぜんぶさがして、7時《じ》までに家《いえ》に帰《かえ》らないと、だいすきなアニメ番組《ばんぐみ》が見《み》られないんだから……。

まあくんは、あわてててねこにいってみた。

「ねえ、いっしょに、まずぼくのわすれものをさがそうよ。ほら、ぼくのわすれものは、江戸時代《えどじだい》のわすれものじゃなくて、ついこのあいだのわすれものだから、きっとこっちのほうが、見《み》つけやすいと思《おも》うんだ。それから、君《きみ》のわすれものをさがそうよ」

「そうだな。**たびはみちづれ**＊……それもよかろう」

ねこは、またちょっとわからないことをいったが、さんせいいってことはたしかなようだ。

二人《ふたり》、いや一人《ひとり》と一《いっ》ぴきは、同時《どうじ》にいった。

「ぼくのわすれものは、手《て》ぶくろの左《ひだり》と、

＊ことわざ　たびをするのなら仲間《なかま》があるほうが心強《こころづよ》い

黄色《きいろ》い学校《がっこう》のぼうしと、
うわぐつと、
セーターと、
プーさんのハンカチ、
ぜんぶで5つ……」
「わがはいのわすれものは、
陣羽織《じんばおり》と、
刀《かたな》と、
右足《みぎあし》のたびと、
左足《ひだりあし》のたびと、
なまえ、
ぜんぶで5つ……」
同時《どうじ》にさけんだものだから、二人《ふたり》とも、なにも聞《き》こえなかった。

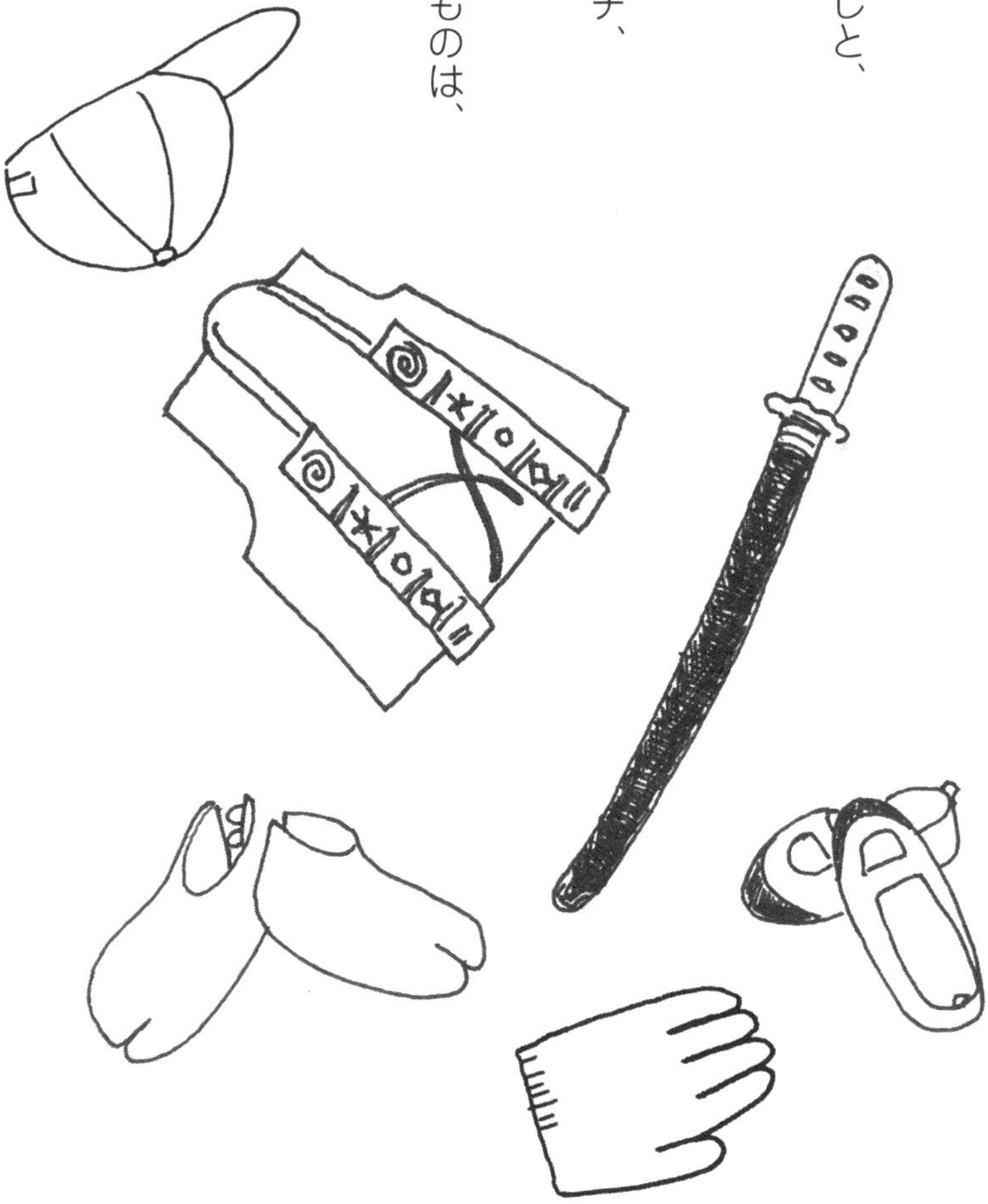

「ぜんぶで5つ……」

ただ、このことばだけが、うっとりするくらい美《うつく》しいハーモニーとなって、たがいの耳《みみ》にとどいた。まあくんとねこは、顔《かお》を見《み》あわせて、笑《わら》ってしまった。

「ぜんぶで5つ」

「おんなじだ」

「仲間《なかま》だねえ」

「仲間《なかま》でござるなあ」

たびはみちづれ

こうして、二人《ふたり》づれは、ともに歩《あゆ》むことにした。

まず、ねこがいった。

「わがはいは、《こっち》から来《き》て、なにも見《み》つからなかったぞ」

「ぼくは、《あっち》から来《き》て、なにも見《み》つからなかったな」

「しからば、のこった道《みち》は、ふたつ。《そっち》と《むこう》……」

「ほら、やっぱりジャンケンしかないよ。こんどは、二人《ふたり》いるから、一人《ひとり》でジャンケンしなくていいんだから……」

まあくんは、大喜《おおよろこ》びでつづけた。

「ふうむ」

ところが、ねこは、なぜかのり気《き》ではない。

ふしぎに思《おも》って、まあくんはたずねてみた。

「どうしたの？　ことばまでわすれちゃったの？」

ねこは、むつかしい顔《かお》をして、うでぐみまでしていった。

「おぬし、さっきいっておったな。《あっち》に歩《ある》いても、《こっち》に歩《ある》いても、野原《のはら》のまん中《なか》にいるんだって……」

「うん、そこで、こんどは、《そっち》か《むこう》へ歩《ある》いてみたらどうだろうかと、ひとりでジャンケンをしていたんだ」

「よし、ジャンケンはいいから、ちょっと《そっち》に向《む》かって歩《ある》いてみろ」

「えっ、ぼくひとりで？」

「そりゃあそうさ、わがはいは、江戸時代《えどじだい》からずっと歩《ある》きつづけておるのじゃ。おぬしより、ずっとつかれているのはたしかじゃ」

もっともしごく・・・

なっとくしたまあくんは、《そっち》にむかって歩《ある》いてみた。

1歩《ぽ》・2歩《ほ》・3歩《ぽ》・・・歩《ある》いて立《た》ちどまると、歩《ある》いていないねこが、まあくんの目《め》の前《まえ》にいる。

5歩《ほ》・10歩《ぽ》・15歩《ほ》・・・歩《ある》いて立《た》ちどまると、歩《ある》いていないねこは、まだまあくんの目《め》の前《まえ》にいる。

ねこは、歩《ある》かない。

まあくんは、歩《ある》く。

そうすると、まあくんとねこは、少《すこ》しずつはなれていくはずなのに、いつまでたっても、歩《ある》かないねこがついてくる。

「うわああ――」

まあくんは、こわくなって、さけびながら走《はし》ってみた。

20歩《ぽ》・30歩《ぽ》・50歩《ぽ》・100歩《ぽ》・・・

目《め》をつぶって、わき目《め》もふらず走《はし》ってみた。

立《た》ちどまって目《め》をあけてみた。

おんなじだ。

さっきとおんなじだ。

目《め》の前《まえ》に、ねこがいる。

「やはりなあ」

ハアハアと苦《くる》しそうに大《おお》きな息《いき》をするまあくんとちがって、ちっとも苦《くる》しそうじゃないねこはいう。

「やはり思《おも》ったとおりじゃ」

「はひは、ほほっは、ほほひはほ？」

《なにがおもった通《とお》りなの？》と、まあくんはたずねたかったのだが、息《いき》が苦《くる》しくていえなかったのだ。

「問題《もんだい》は、この道《みち》じゃ。道《みち》が歩《ある》いておる」

「ひひが、はるひへおふ?」

あまりに必死《ひっし》に走《はし》ったまあくんは、まだきちんとしゃべれなかった。たんに、ねこがいったことばをまねしただけだったのだが……。

「この野原《のはら》は、歩《ある》いておる。それゆえに、わがはいは、江戸時代《えどじだい》からずうっと歩《ある》きつづけてきたわけよ。なっとくでござる」

「…………」

まあくんは、まだ息《いき》ぐるしかったわけではなかった。

あまりにバカらしくて、返事《へんじ》のしようがなかったのだ。まあくんが今《いま》まで生《い》きてきた中《なか》で、《道《みち》が歩《ある》く》なんてバカなことを聞《き》いたのは……。

(あっ、おもいだした。)

「わかった。これ、動《うご》く歩道《ほどう》なんだ。すごい」
おどろいて喜《よろこ》ぶまあくんとはんたいに、ねこはあきれかえって
いった。
「こんな野原《のはら》のまん中《なか》に、だれが動《うご》く歩道《ほどう》なんて作《つく》るのじゃ」
ねこは、江戸時代《えどじだい》のねこにしては、現代《げんだい》のことをよく知《し》っていた。
まあくんは、おもわず時代《じだい》げきのとのさまをまねて、ねこをほめて
みた。
「いやあ、あっぱれ、あっぱれ」
いやいや、時代《じだい》げきをえんじているひまはない。
《あっち》と《こっち》と《そっち》と《むこう》の道《みち》が歩《ある》くとな
ると、いったい二人《ふたり》づれは、どうやってこの野原《のはら》のまん中《なか》からぬけ
だせばいいのだろうか。

かえるぴょこぴょこ

そのときだ。

きみょうな二人《ふたり》づれは、とつぜん動《うご》きだした地面《じめん》におどろいた。

足《あし》もとの地面《じめん》をおしあげて、道《みち》が動《うご》きだしたのだ。

二人《ふたり》の口は、ぽかんとあいたままだった。

すると、つぎのしゅんかん、地面《じめん》をつきやぶって、なにかがぴょーんとジャンプしたように見《み》えた。

「わあ、道《みち》がやぶれた」

「すわ、くせもの！」

ところが、よく見《み》ると、土の中《なか》からあらわれたのは、一《いっ》ぴきのとのさまがえるだった。

「うっるさいんだよっ。人《ひと》が冬《とう》みんの準備《じゅんび》を、せっせと、しているときになっ、あったまの上《うえ》でなっ、ごっちゃごっちゃとなっ、ほんっとに、なんなんだよっ、おまえらはよっ」

このかえるは、ひどくおこっているようだった。ことばまで、ぴょんぴょんとびはねている。

はんたいに、二人《ふたり》づれは、きゅうにうれしそうにたずねた。

「おぬし、どこからここにきたのじゃ」

「土《つち》の下《した》からに、決《き》まっているっ」

二人《ふたり》づれは、顔《かお》を見《み》あわせて、うれしそうな笑顔《えがお》をみせた。

「そうかあ、土《つち》の下《した》かあ…」

「なるほど、土《つち》の下《した》ねえ……」

おこっていたかえるは、へんてこりんな二人《ふたり》づれが、あまりに、にこにこしていたため、すっかりひょうしぬけしたようにたずねた。

「おまえたちは、いったいなにものなんだ？」

「ぼくは、まあくん」

「わがはいは、ねこ」

「ぼくは、手《て》ぶくろの左《ひだり》と、黄色《きいろ》い学校《がっこう》のぼうしと、うわぐつと、セーターと、プーさんのハンカチをさがしているんだ」

「わがはいは、陣羽織《じんばおり》と、刀《かたな》と、右《みぎ》のたびと、左《ひだり》のたびと、なまえをさがしておるんじゃ」

それを聞《き》いたかえるは、きゅうにうれしそうな顔《かお》になった。

「ほほお、久《ひさ》しぶりだなあ。そうなんだ、そうなんだ。わすれものをさがしているんだあ。ほんとうに久《ひさ》しぶりだなあ。いつからさがしているの？」

かえるは、人《ひと》のわすれものを、まるで喜《よろこ》ぶかのように、うれしそうにたずねた。

「ぼくは、学校《がっこう》から帰《かえ》って、おかあさんのことばが、なが――くのびてから」

「わがはいは、江戸時代《えどじだい》に、父上《ちちうえ》が、かんにんぶくろのおが切《き》れたっていってから」

「ケケケケケロッ、そうなんだ、そうなんだ。わすれものをね。ケケケケ…。そうか、そうか、ほんとうに久《ひさ》しぶりだなあ…ケロッケロッケケッ…」

なんだか、このかえるは、一人と一ぴきのわすれものを、喜《よろこ》んでいるみたいだ。まあくんは、いやなきもちになった。

〈人の不幸《ふこう》を笑《わら》うのはいけませんって、かなこ先生《せんせい》もいっていたの

にな。)

かえるは、まあくんがおこっていることに気《き》がついて、あやまりながら大事《だいじ》なことを教《おし》えてくれた。

「いやあ、すまん、すまん。ほんとうに久《ひさ》しぶりに、わすれものさがしにであったものだからな。いや、じつは、ここはな、《わすれじのはら》っていうんだ」

「………」

二人《ふたり》づれは、ぽかんと口をあけたままだった。かえるは、そんな二人《ふたり》に、くわしく説明《せつめい》をしてくれた。

「《わすれじ》っていうのはだな、わすれないでっておねがいするときのことばだ。《はら》っていうのは、原《はら》っぱのことだ。ここには、みんなのわすれものが、いっぱい集《あつ》められているのさ」

まあくんとねこは、大喜《おおよろこ》びした。

「じゃあ、ぼくのわすれもの、きっとあるよね」

「されば、わがはいのわすれものも、ござろうな」

二人《ふたり》づれは、目《め》をかがやかせていった。

しかし、かえるの返事《へんじ》は、えらくそっけないものだった。

「あるかもしれない。ないかもしれない」

「ぼくのは、このあいだのわすれものだから、きっとあるよね」

「わがはいのは、江戸時代《えどじだい》のわすれものだけど、たぶんござろう」

「まあ、さがしてみるんだな」

かえるは、つめたくいうと、大《おお》きなあくびをはじめた。

「ふわああ……ううむ、やけにねむくなってきたぞ。ふわああ。もうねむらなっくっちゃ……」

「うわっ、ねむらないで」

まあくんは、今《いま》にもねてしまいそうなかえるのかたをつかむと、大《おお》きくゆさぶって、勝手《かって》なおねがいをしていた。

「《わすれじのはら》へは、どうやって行《い》ったらいいのかだけ教《おし》えてから、ねてよ」

「う、うん。ほうれ、もうおまえたちが立《た》っているだろう。まん中《なか》だ。どまん中《なか》に立《た》っていってみろ、『おおいわすれもの～～』って…」

「ありがとう」

「かたじけない」

二人《ふたり》づれは、手《て》をつなぐと、野原《のはら》のどまん中《なか》に足《あし》をそろえて、大声《おおごえ》でいってみた。

「おおい、わすれもの～～～」

――ヒュ――――ン

わすれじのはら

まるで、エレベーターにのっているみたいだった。

エレベーターが、ストンと止《と》まったとき、まあくんは、すってんころりんと1回転《かいてん》して止《と》まった。ねこは、ほんもののねこにもどったみたいに、4つ足《あし》で立《た》っていた。

「あいててて」

まあくんは、おでこのまん中《なか》にできたたんこぶを、手《て》ぶくろをした右手《みぎて》でそっとなでながらいった。

「あいたたた」

ねこは、4つ足《あし》のかっこうから、立《た》ち上《あ》がりながらいった。

「ここが、《わすれじのはら》？」

「そうみたいだなあ」

《わすれじのはら》は、どこにでもあるふつうの原《はら》っぱだった。ちがっていたのは、土《つち》の下《した》にあったってことだけだ。

「**キツネにつままれた**＊ようだなあ」

江戸時代《えどじだい》のねこは、2本足《ほんあし》で立《た》つと、すっかりもとの江戸時代《えどじだい》のねこにもどって、またむつかしいことをいってみせたが、まあくんが心配《しんぱい》だったのは、こっちの原《はら》っぱは、歩《ある》けるのかどうかだった。

「歩《ある》いてみる？」

「うん、歩《ある》いてみよう」

ねこも、おなじことを考《かんが》えていたようで、いっしょに歩《ある》いてみる

＊キツネにばかされたようだ。信《しん》じられない。

ことにした。

「さいしょの一歩《いっぽ》…」

「つぎの一歩《いっぽ》…」

「うわあ、歩《ある》ける」

「ほほお、歩《ある》けるでござるな」

歩《ある》ける…歩《ある》ける…と、むねをはって、うでをふって、いさんで歩《ある》いている二人《ふたり》づれは、12歩《ほ》、歩《ある》いたところで、とつぜん、声《こえ》をかけられた。

そこには、大《おお》きなかしの木《き》が立《た》っていた。

うさぎのアントワネット

「あらま、久《ひさ》しぶりのお客《きゃく》さんじゃない。なにをさがしていらっしゃるの？」

木の下《した》にいたのは、16世紀《せいき》の貴族《きぞく》のようなきらびやかなドレスを着《き》たうさぎだった。羽根《はね》のついた大《おお》きなせんすを右手《みぎて》にもち、ふわあり、ふわありと風《かぜ》を送《おく》りながら、左手《ひだりて》で長《なが》いスカートのすそをちょっとつまんでいた。まるで、マリーアントワネットとかいうフランスの女王《じょおう》さまみたいだった。

「うわっ、すごい。江戸時代《えどじだい》の次《つぎ》は、フランスだ」

おどろいて声《こえ》をあげたまあくんに向《む》かって、女王《じょおう》うさぎは、しずかに笑《わら》った。

「ほほほほほ、さようにございますのよ。わたくしが着《き》ておりますものは、フランスの女王《じょおう》さまのわすれものでございますのよ」

《ほほほほほ》と、笑《わら》う人《ひと》を、まあくんは知《し》らなかった。クラスじゅうのおかあさんを想像《そうぞう》してみても、だれひとり思《おも》いうかばなかった。

ちょっとぽおっとして見《み》つめてしまった。それは、ねこもいっしょだったようで、はだかんぼうの自分《じぶん》を見《み》て、ほほを赤《あか》らめていた。

まあくんは、ほっとしていた。

（よかったあ。わすれものが、パンツやズボンやシャツでなくって……）

「女王《じょおう》さまのわすれものを着《き》ているの？」

「ええ、ええ。わたしも、キツネのアンドレも、くまのペトローシュ

力も、みんな、みんな、わすれもので着《き》かざるようになりましたの。困《こま》ったことに、《わすれじのはら》には、ほんとうに、わすれものがはんらんしておりますの」

「はんらんしているの？」

「そう、わすれものだらけ……ほんとうにどうなっているのかしら……。むかしは、こんなことはなかったのよ。わすれものをした人が、ちゃんとわすれものをさがしてくれたから、この原《はら》っぱにわすれものがくることもなかったのよ。でもね……」

女王《じょおう》うさぎは、そこで、ことばを切《き》ると、ちょっと悲《かな》しそうな顔《かお》をした。

「でもね、ここ10年《ねん》というもの、だれひとりとして、わすれものをさがしにこないのよ。だから、《わすれじのはら》には、わすれものがはんらんしているわ。ようく聞《き》いてよね。ハンカチ898まい、ズボン121ぽん、体操服《たいそうふく》321まい、給食《きゅうしょく》ぶくろ128ふくろ、うわぎ57ちゃく、消《け》しゴム1025こ、えんぴつ10787ほん、したじき437まい、ティッシュ20856こ、それから、宿題《しゅくだい》のプリントが9999まい、あらそうだわ、パンツが451まい、ほんとになにをはいて帰《かえ》ったのかしらねえ」

「……」

「……」

まあくんもねこも、ひとこともことばがでなかった。ただ、頭《あたま》の中《なか》で、想像《そうぞう》しただけだった。898まいのハンカチと、121ぽんのズボンと、321まいの体操服《たいそうふく》と、128の給食《きゅうしょく》ぶくろと、57ちゃくのうわぎと、1025この消《け》しゴムと……あんまりたくさんだったので、消《け》しゴムを頭《あたま》の中《なか》に想像《そうぞう》するころには、さいしょに想像《そうぞう》したハンカチは、どこかに消《き》えてしまっていた。

うさぎのアントワネットは、もう一度《いちど》くりかえした。

「この10年《ねん》かんというもの、だれひとり、わすれものをさがしにきた子《こ》は、いなかったのよ」

「ずっとむかしは、みんなここにさがしにきていたの？」

「ここでなくてもいいのよ。わすれものって、もちぬしがいっしょうけんめいさがしてくれさえすれば、ひとりでにその心《こころ》の声《こえ》にむかって近《ちか》よっていくようになっているのよ」

「へえ、そうなんだ」

「ほほお、そうなのか」

一人と一ぴきは、喜《よろこ》んで、林《はやし》に向《む》かってさけんだ。

「ぼくの手《て》ぶくろの左《ひだり》と、

黄色《きいろ》い学校《がっこう》のぼうしと、

うわぐつと、

セーターと、

プーさんのハンカチ〜〜〜〜〜〜〜〜〜〜〜」

「わがはいの陣羽織《じんばおり》と、

刀《かたな》と、

右足《みぎあし》のたびと、

左足《ひだりあし》のたびと、

なまえ〜〜〜〜〜」

次《つぎ》に、森《もり》に向《む》かってさけんだ。

「おおい、まあくんのわすれもの〜〜〜〜〜」

「おおい、わがはいのわすれもの〜〜〜〜〜」

二人《ふたり》づれの声《こえ》は、ぼわあん、ぼわあんと大《おお》きくひびいて、野原《のはら》いっぱい広《ひろ》がると、林《はやし》や森《もり》や山《やま》に、ゆっくりとつたわった。二人《ふたり》の声《こえ》は、土《つち》と空《そら》にぶつかって、

びよよよよよ〜〜ん

と、はずんでいるようだった。

まあくんは、3回《かい》くりかえして、わすれものをよんでみた。

「おおい、まあくんのわすれもの〜〜〜〜」

「おおい、まあくんのわすれもの〜〜〜〜」

「おおい、まあくんのわすれもの〜〜〜〜」

とんできたわすれもの

空で、ひゅ――――んと音《おと》がしたかとおもうと、
ストン、ストン、ストン、ストン、ストン
と、なにかが足《あし》もとに落《お》ちてきた。
「あっ、
ぼくの手《て》ぶくろの左《ひだり》と、
黄色《きいろ》い学校《がっこう》のぼうしと、
うわぐつと、
セーターと、

プーさんのハンカチだ〜〜〜〜〜〜〜〜〜〜」

まあくんは、大喜《おおよろこ》びで、わすれものを手《て》にとろうとした。

ところが、左手《ひだりて》の手《て》ぶくろの中《なか》では、5ひきのミミズきょうだいがねむっていたし、黄色《きいろ》い学校《がっこう》のぼうしには、野《の》ネズミの夫婦《ふうふ》が入《はい》っていたし、うわぐつの中《なか》には、もぐらの親子《おやこ》がすわっていた。

セーターの中《なか》には、くまの子《こ》どもがいて、プーさんのハンカチのはしっこには、4ひきのしまりすの子《こ》どもがくっついていた。


「えっ・・・」

まあくんは、つぎのことばがでてこなかった。
頭《あたま》の中《なか》には、ぐるぐるといろんなことが、うかんできた。
（うわあ、ぼくのわすれもの・・・
見《み》つかったあ。
よかったあ。

よかったかな。

ほんとに、よかったのかな…。

ぼくの左手《ひだりて》の手《て》ぶくろには、5ひきのミミズが入《はい》っているし、

ぼくの黄色《きいろ》い学校《がっこう》のぼうしには、2ひきの野《の》ネズミが入《はい》っているし、

ぼくのうわぐつには、もぐらの親子《おやこ》が入《はい》っているし、

ぼくのセーターには、くまの子《こ》が入《はい》っていて、

ぼくのプーさんのハンカチには、4ひきのしまりすの子《こ》どもがくっついているし…)

まあくんの頭《あたま》は、こんがらがっていた。

(ぼくが、5ひきのミミズきょうだいのくっついている左手《ひだりて》の手《て》ぶくろと、2ひきの野《の》ネズミがつかまったままの黄色《きいろ》い学校《がっこう》のぼうしと、もぐらの親子《おやこ》ののったままのうわぐつと、くまの子《こ》が入《はい》ったまんまのセーターと、4ひきのしまりすの子《こ》どもがくっついている

プーさんのハンカチをもって帰《かえ》ったら、おかあさんは、どうするだろう。）

「ううむ……」

まあくんは、うなったまま、うでまで組《く》んで考《かんが》えた。

（おかあさんは、動物《どうぶつ》をかうのはいつも、はんたいだった。世話《せわ》がたいへんだし、死《し》んじゃうとかわいそうだからって……。おまけに、5ひきのミミズと、2ひきの野《の》ネズミと、3びきのもぐらと、くまの子《こ》1ぴきと、しまりすの子《こ》ども4ひきだぜ。わすれもののおまけだっていったら、おかあさんは、よけいにおこるような気《き》がする。）

まあくんには、おかあさんのセリフが、はっきりと想像《そうぞう》できた。

「かえしてきなささ――

——い」

たぶん、おかあさんのことばは、これくらいなが——く
のびる。ぜったいに・・・。

うなったままのまあくんを見《み》あげて、もうしわけなさそうに、小《ちい》さないきものたちが、話《はな》しかけてきた。

「ぼく、くまの子《こ》の、くーちゃん。ごめんよ。このセーター、ぼくにぴったりだったんだ。ぼく、かぜひいちゃって。クシュン。あったかいねえ、このセーター。ハッ、クシュン・・・。でも、ぬぐよぉ

……」

ちょっと、さびしそうにくまの子《こ》がいった。

まあくんは、おもわずいってしまった。

「いいよ、いいよ。かぜひいているんだったら、着《き》ていたほうがいいよ。まだまだ寒《さむ》くなるんだし。それに、その黄色《きいろ》いセーター、よくにあうよ」

くまの子《こ》は、うれしそうだった。

「じゃあ、このセーターもらってもいいの？」

「いいよ、いいよ。今《いま》このしゅんかんから、そのセーターは、ぼくのわすれものじゃあなくって、ぼくのプレゼント」

まあくんは、きまえよくいった。

すこしだけ、おかあさんの顔《かお》が、心《こころ》にうかんだけれど……。

つぎに、まあくんの前《まえ》にすすみでてきたのは、もぐらの親子《おやこ》。

「いやあ、ごめんよ。きみのうわぐつが、ボートにぴったりだったんだ。むすこのマーボーをのせてやっていたんだよ。でも、かえすよ。ちょっとぬれちゃったけど、かわかせばいいもの」

もぐらのおとうさんが、もうしわけなさそうにまあくんにいった。

「ええっ、その子、マーボーっていうの？　おんなじじゃん。ぼくは、まあくんだもん。マーとまあ。おんなじだね…」

もぐらのマーボーに親《した》しみをもったまあくんは、おもわずいってしまった。

「いいよ、いいよ。今《いま》このしゅんかんから、そのうわぐつは、ぼくのわすれものじゃあなくって、ぼくのプレゼント」

まあくんは、またきまえよくいった。

ちょっとだけ、おかあさんの顔《かお》が、心《こころ》にうかんだけれど…。

つぎにまあくんの前《まえ》にきたのは、2ひきの野《の》ネズミの夫婦《ふうふ》。

「あらまあ、ごめんなさいね。あかちゃんが生《う》まれるのよ」

「そう、あしたかあさってくらいに…。そうしたら、この黄色《きいろ》いぼうしが、ちょうどいい家《いえ》になると思《おも》ったんだよ」

「この白《しろ》いゴムがいいのよねえ。ほら、こんなふうにゆりかごにしようと思《おも》っていたの。でも、かえすわ。また新《あたら》しい家《いえ》をさがすから…」

「だめだよ、あかちゃんは、すぐに生《う》まれるんでしょ。ゆりかごはだいじだよ。そうだ、今《いま》このしゅんかんから、この黄色《きいろ》いぼうしは、ぼくのわすれものじゃあなくって、ぼくのプレゼント」

まあくんは、またきまえよくいった。

ちらっと、おかあさんの顔《かお》が、頭《あたま》にうかんだけれど…。

つぎに、すすみでてきたのは、4ひきのしまりすの子《こ》ども。

「ごめんね。これぼくのふとん。こっちの半分《はんぶん》のはんぶんが、ぼくのもの」

「そのはんぶんこが、ぼくのふとん」

「こっちの半分《はんぶん》のはんぶんは、わたしのふとんよ」

「のこった半分《はんぶん》のはんぶんが、わたしのふとん」

それから、なかよしきょうだいは、声《こえ》をそろえていった。

「4人で、なかよくねむると、あったかいんだよ」

まあくんは、またきまえよくいった。

もう、おかあさんの顔《かお》もうかばなかった。

「いいよ、いいよ。今《いま》このしゅんかんから、このプーさんのハンカチは、ぼくのわすれものじゃあなくて、ぼくのプレゼント」

さあ、これで、5つのわすれもののうち、4つがわすれものじゃあなくなった。まあくんは、ほっとしていた。わすれもの、1つだけになったよ。

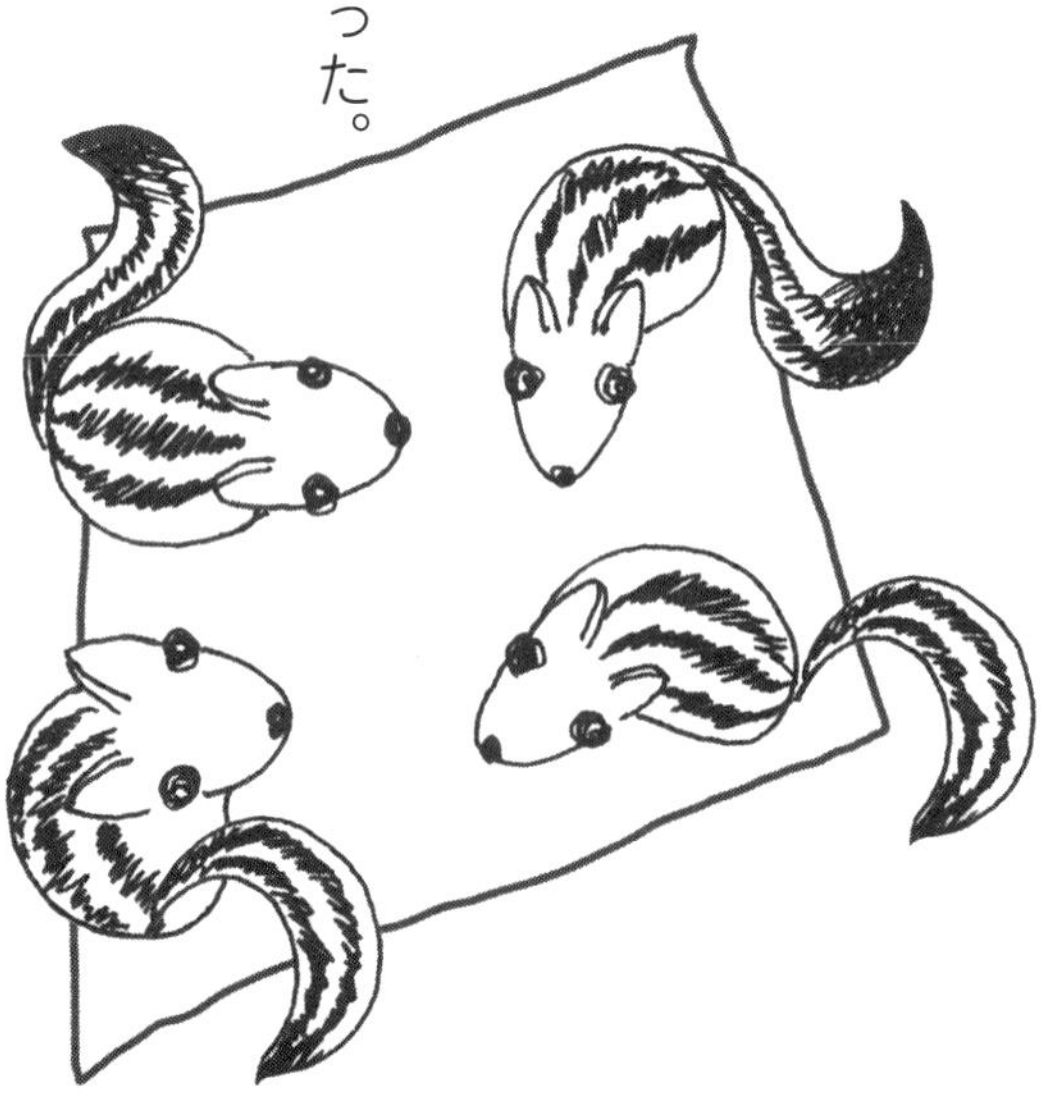

そうして、のこった、たったひとつのわすれもの、まあくんの左《ひだり》の手《て》ぶくろを、そっとみた。

小《ちい》さな小《ちい》さなね息《いき》が聞《き》こえる。

すう　すう　すう　すう　すう　すうすう　すうすう　すうすう　すうすう　すうすう

きこえないくらい小《ちい》さな小《ちい》さなね息《いき》が、なかよく5つ、おなじリズムをくりかえしていた。

まあくんの色《いろ》とりどりの5本指《ゆび》の手《て》ぶくろ・・・。

赤《あか》い親指《おやゆび》の中《なか》に1ぴき。

青《あお》い人差《ひとさ》し指《ゆび》の中《なか》に1ぴき。

黒《くろ》い中指《なかゆび》の中《なか》に1ぴき。

緑《みどり》の薬指《くすりゆび》の中《なか》に1ぴき。

ピンクの小指《こゆび》の中《なか》に1ぴき。

ミミズのきょうだいが、すやすやねむっていた。

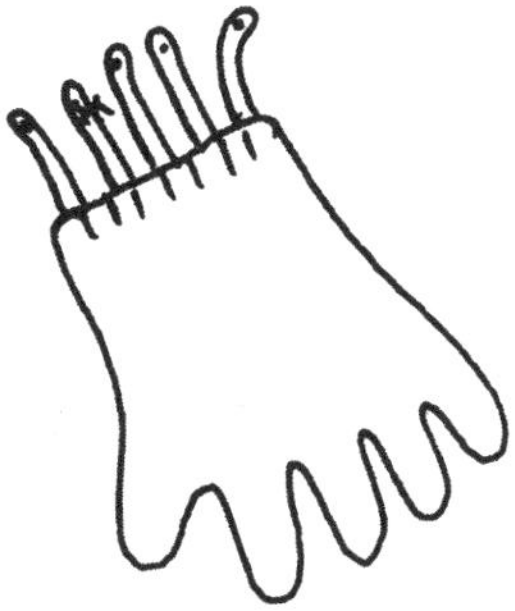

きもちよさそうに、ねむっていた。

まあくんは、はだかんぼの左手《ひだりて》に聞《き》いてみた。

「なあおまえ、おまえは男《おとこ》の子《こ》だし、もう1年生《ねんせい》だし、手《て》ぶくろがなくってもがまんできるよな」

はだかんぼの左手《ひだりて》は、なんにもいわなかったけれど、ほわんとあたたかくなったから、ゆるしてくれたにちがいない。

まあくんは、ついでに右手《みぎて》の手《て》ぶくろにも聞《き》いてみた。

「なあ、手《て》ぶくろ、おまえ、ひとりぼっちになりそうだけど、ぼくが大事《だいじ》にしてやるから、ひとりぼっちでもがまんできるよな」

手《て》ぶくろをした右手《みぎて》は、なんにもいわなかったけれど、手《て》ぶくろがきゅうにあたたかくなったから、きっとゆるしてくれたんだと思《おも》う。

まあくんは、ようくねむっているミミズのきょうだいをおこして

はかわいそうだと思《おも》って、小《ちい》さな声《こえ》でいった。

「今《いま》このしゅんかんから、この左手《ひだりて》の手《て》ぶくろは、ぼくのわすれものじゃあなくて、ぼくのプレゼント」

生《う》まれてまもないミミズのきょうだいは、ずうっとねむったままだったけれど、まあくんには、小《ちい》さな声《こえ》が聞《き》こえたような気《き》がした。

「ありがとう　ありがとう　ありがとう　ありがとう　ありがとう」

まあくんは、さわやかにさけんだ。

「やったあ。これで、ぼくのわすれものは、なくなったあ。ぼく……わすれもの名人《めいじん》じゃあなくなったあ！」

おもわず両手《りょうて》をあげて大《おお》よろこびするまあくんを、となりで、江戸時代《えどじだい》のねこが、しらっと見《み》ていた。

わがはいのわすれもの

「ちょっと、ちょっと、なにかわすれていませんか？」

「うん？　なにいってるんだよ。ほら、ぼくのわすれものは、ぜーんぶ、ぼくのプレゼントになったから、ぼくは、もうわすれものゼロだ」

「じゃあ、わがはいはどうなるんだ？」

ねこは、おもわず大《おお》きな声《こえ》で、さけんだ。

まあくんも、やっと気《き》がついたようだ。

「そうだ、そうだ。ごめん、ごめん。よし、ふたりでもう1回《かい》、よんでみよう。きみのわすれものを……」

ねこは、ちょっと気《き》をわるくしていたみたいだったが、まあくんが、こう提案《ていあん》すると、すぐに気《き》をとりなおして喜《よろこ》んだ。

「ほんとに？　かたじけない。ようし、いっしょによんでくだされよ～」

「もちろんだとも」

すっかり、いい気分《きぶん》になっていたまあくんは、腰《こし》に手《て》をあてて、大《おお》きく息《いき》をすった。

これで、すごく大《おお》きな声《こえ》がでるにちがいない。

「ねこの～～

陣羽織《じんばおり》と、
刀《かたな》と、
右足《みぎあし》のたびと、

左足《ひだりあし》のたびと、
なまえ〜〜〜〜〜」

「わがはいの
陣羽織《じんばおり》と、
刀《かたな》と、
右足《みぎあし》のたびと、
左足《ひだりあし》のたびと、
なまえ〜〜〜〜〜」

さすがに、《たびはみちづれ》をしている二人《ふたり》づれ、息《いき》もぴったりあっている。

しかし、まあくんのわすれものとちがって、なにもとんでこない。

「おかしいでござるなあ」

ねこは、さびしそうに首《くび》をかしげた。

「そうだ。江戸時代《えどじだい》だもん。遠《とお》いから、まだとどかないんだよ。もう1回《かい》よんでみようよ。もっともっと大《おお》きな声《こえ》で」

なぐさめるように、まあくんがいった。

「そうでござるな。では、おぬし、もう1回《かい》つきあってくれるでござるか？」

「もちろんだよぉ」

かなこ先生《せんせい》もいっていた。

（ねえみんな、友《とも》だちがこまっているときは、手《て》をさしのべなきゃあねって。このばあい、手《て》じゃなくて声《こえ》だけどね）

もう一度《いちど》、まあくんは、大《おお》きく大《おお》きく大《おお》きく息《いき》をすった。まあくんの肺《はい》が、はれつしそうなくらい息《いき》をすいこんだ。

ようし、準備《じゅんび》かんりょうだ。

「ねこの〜〜〜
陣羽織《じんばおり》と〜〜
刀《かたな》と〜〜
右足《みぎあし》のたびと〜〜
左足《ひだりあし》のたびと〜〜〜
なまえ〜〜〜〜〜〜」

「わがはいの〜〜〜
陣羽織《じんばおり》と〜〜

刀《かたな》と〜〜
右足《みぎあし》のたびと〜〜
左足《ひだりあし》のたびと〜〜
なまえ〜〜〜〜〜〜」

息《いき》がぴったりだ。
声《こえ》もでっかい。

これなら、すぐに、江戸時代《えどじだい》から、陣羽織《じんばおり》と刀《かたな》と右足《みぎあし》のたびと左足《ひだりあし》のたびとなまえが、ストン、ストン、ストン、ストン、ストン、ストンって、落《お》ちてくるだろう。

まった。
一人《ひとり》と一ぴきは、10秒《びょう》まった。

20秒《びょう》まった。

30秒《びょう》まった。

1分《ぷん》まった。

なにもおこらない。


まあくんは、首《くび》をかしげた。

「おかしいなあ」

「ふうむ、わがはいの陣羽織《じんばおり》と刀《かたな》と右足《みぎあし》のたびと左足《ひだりあし》のたびとなまえは、いったいぜんたい、どうしたでござるのじゃ」

ねこが、悲《かな》しそうにそうつぶやいたそのときであった。

とんできたねこ

ヒュ―――ン。

「わっ、とんできている」

まっさきに見《み》つけたまあくんが、空《そら》を指《ゆび》さした。

くるんくるんくるんとまわりながら、空《そら》からなにかがとんでくる。

江戸時代《えどじだい》から、一番《いちばん》にとうちゃくしたのは、はてさてなんだろう。

……と、おもっていると、大《おお》きなかたまりが、とつぜん、かしの木《き》にぶつかり、どしんと木《き》の根《ね》もとにころがった。


「あいたたたたた……」

そのかたまりは、そうさけぶと、両手《りょうて》で、たんこぶのできた頭《あたま》を、しばらくなでていた。

「ねこでござる」

一人《ひとり》と一ぴきは、そのようすを、ぽかんと見《み》つめていた。

「ねこ?」

「なんでだ?」

「江戸時代《えどじだい》のおひめさまの着《き》ものだ……」

「かんざしまでしているではないか……」

一人《ひとり》と一ぴきは、頭《あたま》をかしげていた。

すると、大《おお》きなたんこぶに手《て》をやったままのねこは、江戸時代《えどじだい》のねこにつかつかと近《ちか》よると、頭《あたま》の上《うえ》から、かみなりよりずっと大《おお》きな声《こえ》でどなりはじめた。

「なあに、しとったんだあ。

おまえは、どこに行《い》っとったんだあ。

しんぱいかけて〜。

ほんに、しょうざえもん！」


とつぜん、友《とも》だちのねこのなまえがとんできた。

「しょうざえもん？　なまえがもどってきた！」

ねこは、おもわず、両手《りょうて》で、ばんざいをして喜《よろこ》んだ。なまえがもどってきたねこは、うれしくなって、自分《じぶん》のなまえを、なんども口《くち》にだしていってみた。

「しょうざえもん…しょうざえもん…しょうざえもん…」

ところが、ねこの声《こえ》は、なぜかだんだん小《ちい》さくなっていった。

「しょうざえもん…しょうざえもん…しょうざえもん…しょうざえもん…」

なまえとともに、ねこの頭《あたま》の中《なか》に、ねこの記憶《きおく》が、はっきりとよみがえってきた。

「あっ、かあちゃん…」

「ほんにおまえは、いまごろまでどこに行《い》ってたんだあ？　みんなでさがしたぞ。さがして、さがして、さがしまくったぞ…。わすれじのはらも、わすれじの林《はやし》も、わすれじの森《もり》も、わすれじの池《いけ》までじゃ」

おこっていたねこのおかあさんは、そこまでいうと、江戸時代《えどじだい》のねこにだきついて、うわんうおんと、大《おお》きな声《こえ》でなきだした。

「いや、かあちゃん。ごめん…。おいら、かあちゃんにおこられて、わすれものをさがしてきなさ――い、っておこられて、わすれじのはらをまっすぐまっすぐ歩《ある》いているうちに、どこだかわからなくなって、なまえまでわからなくなって…」

まあくんは、おかしくて、思《おも》わずいってしまった。

「なあんだ。君《きみ》もわすれもの名人《めいじん》だったんだ」

「ほんとうに、しょうざえもんは、わすれものばっかりして、おはずかしいことでございます。この《わすれじのはら》の動物《どうぶつ》たちは、人間《にんげん》のわすれもので、着《き》かざるようになりました。ごらんのとおり、わが家《や》には、江戸時代《えどじだい》のお城《しろ》のわすれものが、やってまいりました。わたくしには、おひめさまのいしょうが…。しょうざえもんには、お城《しろ》のわかさまのいしょうが…」

「それって、陣羽織《じんばおり》と刀《かたな》と絹《きぬ》のたび…？」

まあくんは、聞《き》かずにはいられなかった。

「まあ、よくごぞんじで…。さようでございます。この子《こ》は、父親《ちちおや》を、さいたま城《じょう》のとのさまとよんで、それはもう、すっかり江戸時代《えどじだい》のねこになりきっておりました。ところが、しょうざえもんときたら、その服《ふく》をあっちへぽいぽい、そっちへぱらぱら……もう10着《ちゃく》めでございました。さいわい、もちぬしのわかさまも、どうやらわすれものの名人《めいじん》だったらしく、次《つぎ》から次《つぎ》へと美《うつく》しい服《ふく》がとどきましたものですから、わたくしもとのさまも、しばらくはがまんしておりました。でも、さすがに10回《かい》ですものね。とうとう、かんにんぶくろのおが切《き》れて、おもわずさけんでしまいました。

ぜ――んぶ、さがしてきなさ――い」

まるっきり、まあくんと、おんなじだった。でも、まあくんは、ちょっと変《へん》だなとおもって聞《き》いてみた。

「じゃあ、ねこの陣羽織《じんばおり》と刀《かたな》とたびは、どこに行《い》ったの?」

「すぐにまいります」

江戸時代《えどじだい》のねこのおかあさんは、きちんと両手《りょうて》の指《ゆび》をひざの前《まえ》にかさねて、しおらしくいった。

そのとき、とつぜんなにやらにぎやかな声《こえ》が近《ちか》づいてきた。

「したにい・・・したにい・・・したにい・・・」

まあくんは、おもわず、ことばをわすれた。

あっ、みんな、心配《しんぱい》しなくていいからね。
これは、わすれものじゃあないから・・・。

それは、まあくんがおじいちゃんに買《か》ってもらった、『小学生《しょうがくせい》ビデオ百科《ひゃっか》』で見《み》た光景《こうけい》だった。

「だいみょうぎょうれつ〜〜〜〜〜？」

かごをかついだねこたちは、たしかに江戸時代《えどじだい》の家来《けらい》のかっこうをしていた。そして、かごの中《なか》には、ともだちのねこの陣羽織《じんばおり》と絹《きぬ》のたびと刀《かたな》…。

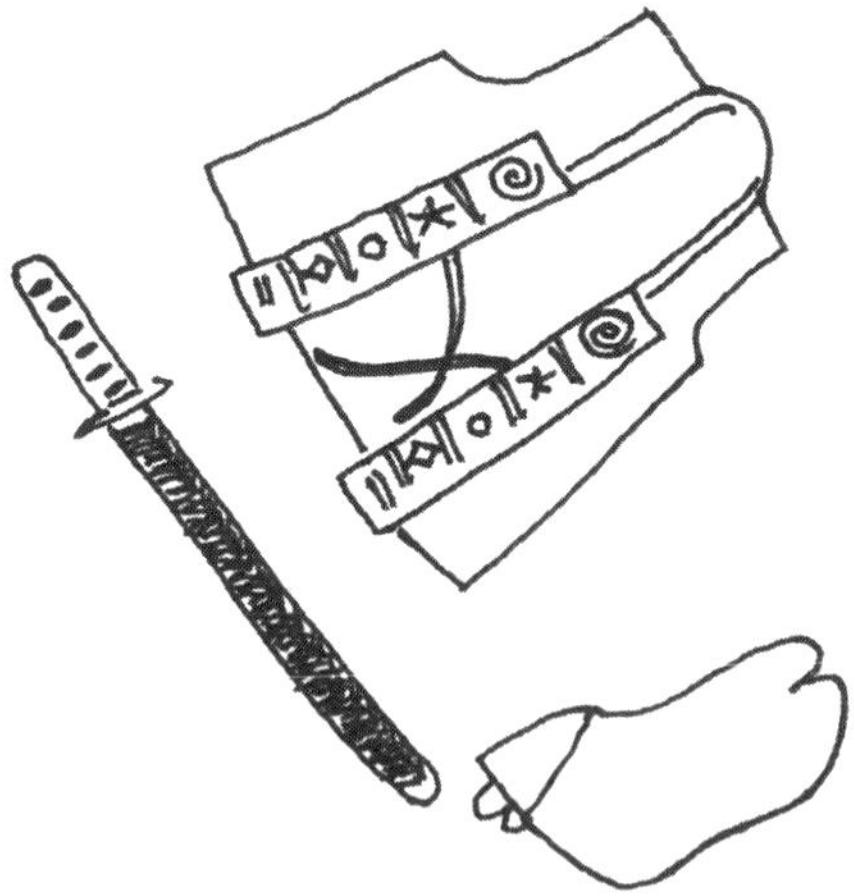

たいせつな一歩《いっぽ》

陣羽織《じんばおり》と絹《きぬ》のたびをつけて、刀《かたな》をさした友《とも》だちのねこは、すっかり、りっぱなわかさまになっていた。

まあくんは、おもわず見《み》とれてしまった。

友《とも》だちのねこは、話《はな》しはじめた。

「いや、友《とも》よ。わがはいは、ちいとかんちがいしておったようじゃ。わがはいは、どうも、ここの住人《じゅうにん》だったようだ。たった今《いま》、思《おも》いだした。しかしながら、わがはいは、なんじとともにたびができて、ほんとうに楽《たの》しかったぞ」

「あ――――。そうだ。今《いま》なんじ？」

まあくんは、友《とも》だちのねこが、まあくんのことを《なんじ》っていうのを聞《き》いて、大事《だいじ》なことを思《おも》いだした。

「7時《じ》までに、家《いえ》に帰《かえ》らなきゃあ……」

「なんじゃ、おぬし。せっかくわがはいが、とのさまみたいに、きちよくえんぜつをしておったのに……」

「へへーい。6時《じ》30分《ぷん》にござります」

答《こた》えてくれたのは、家来《けらい》のねこであった。

「早《はや》く帰《かえ》らなきゃあ」

「それでは、このかごで、上《うえ》の野原《のはら》までおくってさしあげよう」

まあくんは、たった一人《ひとり》で、上《うえ》の野原《のはら》まで送《おく》ってもらった。

江戸時代《えどじだい》のかごにのって送《おく》ってもらった。さすがに、ねこたちは、

「したにい…　したにい…」とは、いわなかったけれど…。

野原《のはら》のはずれで、まあくんは家来《けらい》のねこにお礼《れい》をいった。

「ありがとう。わかさまにつたえておいて…。ぼくは、きっと、わすれもの名人《めいじん》じゃあなくなるとおもうよって…」

まあくんは、むねをはって、両足《りょうあし》をそろえて家《いえ》へのだい一歩《いっぽ》をふみだした。

その一歩《いっぽ》こそが、《わすれじのはら》から《まあくんの家《いえ》》へとつづく、すばらしい一歩《いっぽ》となったのだ。

そしてまた、その一歩《いっぽ》こそが、まあくんが《わすれもの名人《めいじん》》から《わすれものなんてしないまあくん》にかわるだい一歩《いっぽ》だったのだ。

ぽ――ん

ほんとうに、りっぱな一歩《いっぽ》だった。

まあくんは、おもいっきり両足《りょうあし》で大地《だいち》をふみつけると、うしろをふりむいてみた。

そこには、もう野原《のはら》はかけらもなく、いつも見《み》なれた町《まち》はずれの風景《ふうけい》が広《ひろ》がっているだけだった。

まあくんは、見《み》なれた町《まち》のけしきを見《み》ながら、さっさと歩《ある》いた。

家《いえ》に向《む》かって歩《ある》いた。

まっすぐまっすぐ歩《ある》いた。

まっすぐまっすぐ歩《ある》いたけれど、こんどは、ちゃんと見《み》おぼえのある道《みち》を歩《ある》いていた。

「にゃーおー」

パン屋《や》の前《まえ》にきたとき、店《みせ》のかんばんのところに、1ぴきのねこ

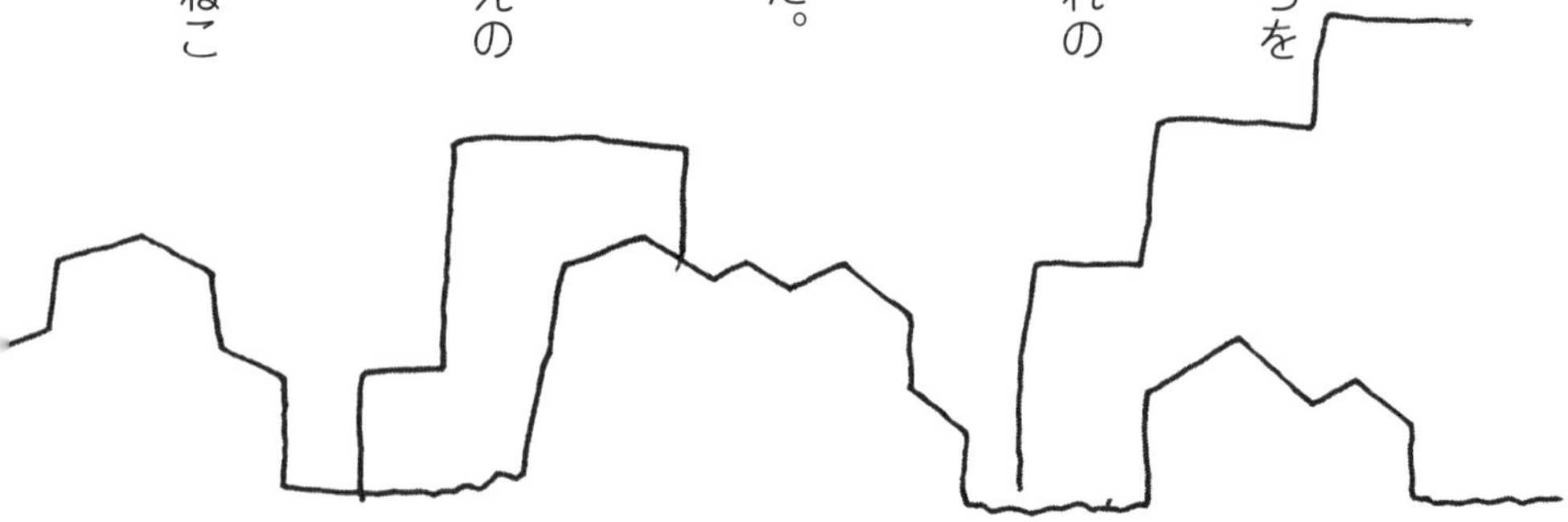

がいた。

なんとなく、友《とも》だちのねこに、にていた。

まあくんは、手《て》ぶくろをしている右手《みぎて》をあげて、

「やあ」

と、ねこにあいさつをしてみた。

ねこは、じっとまあくんを見《み》つめながら、もう1回《かい》ないてみせた。

「にゃあ」

外は、すっかり暗《くら》くなっていた。

まあくんは、足《あし》を早《はや》めると、5つめのかどの薬局《やっきょく》のポスターのおねえさんをちらっと見《み》て、3つめのかどの赤《あか》いポストの前《まえ》までできた。

もうすぐ家《いえ》だ。

まあくんは、もっと足《あし》を早《はや》めた。

2つめのかどまで行《い》ったとき、まあくんの目《め》にうっすらと人かげ

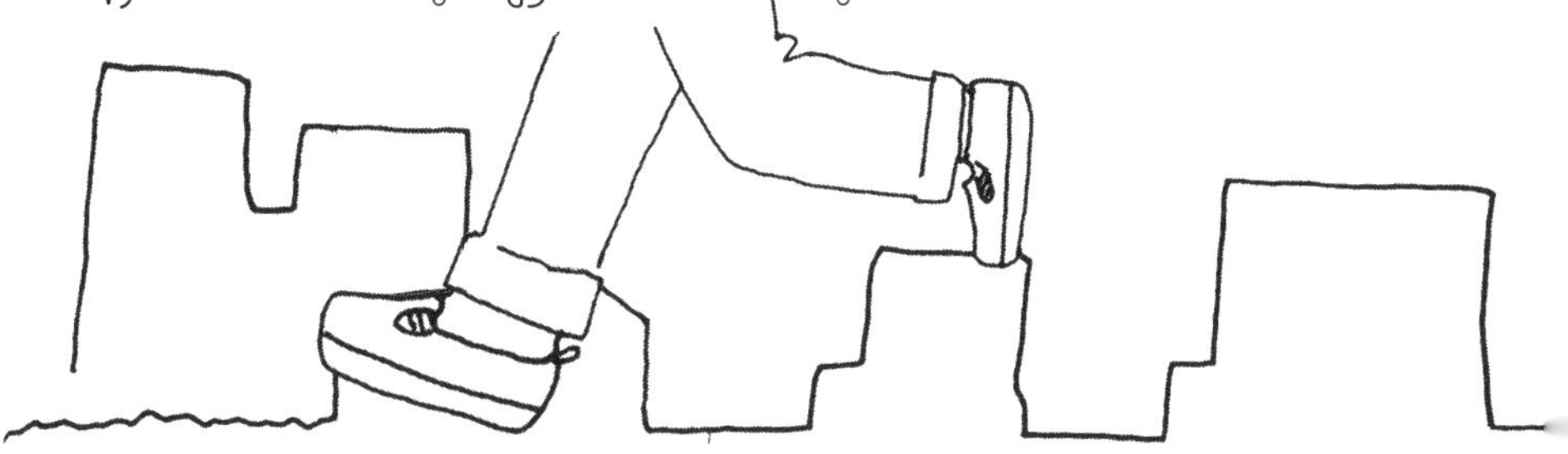

が見《み》えてきた。

見《み》なれたかげだ。

まあくんは、おもわず走《はし》りだした。

「おかあさ――――ん」

ながーく、なが――――く、のばしてよんでみた。

「まあく――――――――ん」

ながーく、なが――――く、のびた返事《へんじ》がかえってきた。

おかあさんも、走《はし》りだした。

おかあさんは、なにもいわないで、がっしとまあくんをだきとめてくれた。

「おかあさん、あのね、ごめんね、ごめんね。ぼくね、もう、わすれものしないから」

「うん、わかった。がんばろうね。ほら、あたらしい手《て》ぶくろと、あたらしいうわぐつと、学校《がっこう》の黄色《きいろ》いぼうし……セーターとハンカチは、もうすこしがまんするのよ」

「うん、ありがとう」

まあくんは、なんとか7時《じ》のアニメにまにあった。


おしまい。

君《きみ》たちも、なまえだけは、わすれないように気《き》をつけてくれたまえ。

それから、わすれものをさがすときに、まっすぐまっすぐまっすぐ歩《ある》くのは、ちょっときけんかもしれない。

そうだ、わすれてた。

まあくんは、ひとりぼっちになった右《みぎ》の手《て》ぶくろが、かわいそうだったから、おかあさんにたのんで、大《だい》すきなジャンパーのポケットにしてもらったんだ。このジャンパーのポケットに手《て》を入れると、手《て》ぶくろをしているより、ずっとあたたかかったよ。

あとがき

「いよっ！　名人！」

なんていわれたら、だれでも、とびあがってよろこんでしまいますよね。いわれたんですよ。この物語の主人公、小学1年生のまあくんも…。でも…

名人なのに…ほめられない！

名人なのに…しかられた！

なんで…？

そりゃそうだ！　わすれもの名人だもの！

わすれものばかりしている子どもに頭をかかえているお母さんって、多いですよね。思えば、わたし自身が、よくわすれものをする子どもでした。ウン10年前の小学生時代のことですが、しばしば、走って家まで、わすれものを取りに帰っていた記憶があります。そんな時に、歩いても、走っても、とんでもはねても、家や小学校につかなかったら…？　ぞっとしますよね。

まあくんのお母さんは、ちょっと、こうるさい普通のお母さんです。まあくんが、先生にわすれもの名人だといわれたことを聞くと、ガミガミ、ガミガミ…。思わず言ってしまいます。「ぜんぶ、さがしてきなさい！　わすれものがぜんぶ見つかるまで、帰ってこなくてよろしい！」

そうして、まあくんは、わすれものを探しにでかけます。ところが、まあくんが入り込んだのは、(あっち) にも (こっち) にも進めないふしぎな原っぱ…。そんなふしぎ世界で出会ったのは、わすれもの名人ならぬ、わすれもの名ねこや、うさぎのアントワネット。家へ帰る方法までわすれたまあくんは、ちゃんと家に帰れるのでしょうか。

子どもたちが、わくわくドキドキしながら、「もう、わすれものなんかしないぞ!」と、ちょっと決意してくれたらしめたものですよね。

ついに、家へ帰る道をみつけたまあくんの目にとびこんできたのは、玄関先で、心配そうにたたずむお母さんの姿でした。お母さんは、しっかりと、まあくんをだきしめてくれたのです。まあくんの迷い込んだふしぎ世界を味わうと同時に、そんな親子のあたたかさを、ふっと感じていただけたらいいなと思います。ときには、まあくんのお母さんのように、しっかり、お子さんをだきしめてあげてほしいものです。

ところで、まあくんのわすれものは、いったいどうなったと思いますか。ふふふ…それは、ないしょです。読んでのおたのしみ!

息子たちが通っていた小学校の職員室前には、大きな段ボールがおかれ、わすれものが、山のようにあふれていました。先生も嘆いていました。

「自分のわすれものがどれかもわからない子どもがふえているんですよね。何週間も置きっぱなしなんですよ。だれが、時間割や持ちものの準備をしているのでしょうかねえ…」

人は、だれしも、わすれものをしたり、落としものをしたり、いろんなものをなくして生きていきます。でも、ほんとうに大切なものだけは、決して、なくさないように、わすれないように、気をつけなくてはね。

最後に、子どもたちの想像力を引き出すようなステキな挿絵と装丁をしてくださった山本睦仁さんと、本書出版の機会を与えて下さり、作者をきびしくもやさしく叱咤激励して導いてくださった編集者、松永裕衣子さんに、この場を借りて、あらためてお礼を申し上げます。

さあ、みんな、（わすれもの名人）じゃなく、ほんものの名人になろうよ！

ばんどう　としえ

二〇一〇年五月

ばんどう としえ（坂東 俊枝）

大阪府在住。京都外国語大学スペイン語学科卒業。出産・子育てのあいだは、PTA 活動・人形劇・ボーイスカウト指導者として、現在は、学校協議会委員として、多くの子どもたちに関わる。その間、あたためていた創作を数年前から開始し、現在に至る。訳書に『ふしぎな動物モオ』（行路社、2007 年）。

わすれもの名人

2010年 5月 20日　初版第 1刷印刷
2010年 5月 30日　初版第 1刷発行

作　ばんどう　としえ
発行者　森下紀夫
発行所　論創社
東京都千代田区神田神保町 2-23　北井ビル
tel. 03(3264)5254　fax. 03(3264)5232
http://www.ronso.co.jp/
振替口座 00160-1-155266
装幀・絵　山本睦仁
印刷・製本　中央精版印刷

ISBN978-4-8460-1021-8　C0093　Printed in Japan